*De Zwarte Man*

# De Zwarte Man

## Emily Cravalho

aldivan teixeira torres

# Contents

# 1

*"De Zwarte Man"*
*Emily Andrade Cravalho*

De zwarte man

Auteur: *Emily Andrade Cravalho*
2020- Emily *Andrade Cravalho*
Alle rechten voorbehouden
Serie: De perverse zusters

Dit boek, met inbegrip van alle onderdelen, is auteursrechtelijk beschermd en kan niet worden gereproduceerd zonder toestemming van de auteur, doorverkocht of overgedragen.

*Emily Andrade Cravalho*, geboren in Brazilië, is een literair kunstenaar. Beloften met zijn geschriften om het publiek te verrukken en hem te leiden naar de geneugten van plezier. Seks is tenslotte een van de beste dingen die er is.

### Toewijding en dank

*Ik draag deze erotische serie op aan alle seksliefhebbers en perverselingen zoals ik. Ik hoop te voldoen aan de verwachtingen van alle krankzin-*

*nige geesten. Ik begin dit werk hier met de overtuiging dat Amelinha, Belinha en hun vrienden geschiedenis zullen schrijven. Zonder verder oponthoud, een warme knuffel voor mijn lezers.*
Goed lezen en veel plezier.
Met genegenheid, de auteur.

**Presentatie**

Amelinha en Belinha zijn twee zussen geboren en getogen in het binnenland van Pernambuco. Dochters van boeren vaders wist al vroeg hoe de felle moeilijkheden van het plattelandsleven gezicht met een glimlach op hun gezicht. Hiermee bereikten ze hun persoonlijke veroveringen. De eerste is een accountant van de overheidsfinanciën en de andere, minder intelligent, is een gemeentelijke leraar basisonderwijs in Arcoverde.

*Hoewel ze professioneel gelukkig zijn, de twee hebben een ernstig chronisch probleem met betrekking tot relaties, omdat nooit vonden hun prins charmant, dat is de droom van elke vrouw. De oudste, Belinha, kwam een tijdje bij een man wonen. Echter, het werd verraden wat gegenereerd in zijn kleine hart onherstelbare trauma's. Ze werd gedwongen om uit elkaar te gaan en beloofde zichzelf nooit meer te lijden als gevolg van een man. Amelinha, arm ding, ze kan ons niet eens verloven. Wie wil er met Amelinha trouwen? Ze is een brutale brunette, mager, gemiddelde hoogte, honing-gekleurde ogen, medium kont, borsten zoals watermeloen, borst gedefinieerd dan een boeiende glimlach. Niemand weet wat haar echte probleem is, of liever beide.*

*Met betrekking tot hun interpersoonlijke relatie, ze zijn zeer dicht bij het delen van geheimen tussen hen. Aangezien Belinha werd verraden door een schurk, nam Amelinha de pijnen van haar zus en ging ook met mannen spelen. De twee werden een dynamisch duo bekend als de "Perverse Zusters". Ondanks dat, mannen houden ervan om hun speelgoed te zijn.*

## De Zwarte Man

*Dit komt omdat er niets beter is dan liefdevolle Belinha en Amelinha zelfs voor een moment. Zullen we hun verhalen samen leren kennen?*

### De zwarte man

Amelinha en Belinha evenals grote professionals en liefhebbers, zijn mooie en rijke vrouwen geïntegreerd in sociale netwerken. Naast de seks zelf, ze ook proberen om vrienden te maken.

Eens ging een man de virtuele chat in. Zijn bijnaam was "Black Man". Op dit moment beefde ze al snel omdat ze van zwarte mannen hield. De legende zegt dat ze een onbetwiste charme hebben.

—Hallo, mooier! - Je noemde de gezegende zwarte man.

—Hallo, oké? - Beantwoordde de intrigerende Belinha.

—Allemaal geweldig. Fijne avond nog!

—Goedenacht. Ik hou van zwarte mensen!

—Dit heeft me nu diep geraakt! Maar is daar een speciale reden voor? Wat is je naam??

—De reden is dat mijn zus en ik van mannen houden, als je begrijpt wat ik bedoel. Voor zover de naam gaat, ook al is dit een zeer privé-omgeving, ik heb niets te verbergen. Mijn naam is Belinha. Blij om je te ontmoeten.

—Het plezier is helemaal van mij. Mijn naam is Flavius, en ik ben een erg aardig!

—Ik voelde stevigheid in zijn woorden. Je bedoelt dat mijn intuïtie juist is?

—Daar kan ik nu geen antwoord op geven, want dat zou een einde maken aan het hele mysterie. Wat is de naam van je zus?

—Haar naam is Amelinha.

—Amelinha! Mooie naam! Kun je jezelf fysiek beschrijven?

—Ik ben blond, lang, sterk, lang haar, grote kont, medium borsten, en ik heb een sculpturaal lichaam. En jij?

—Zwarte kleur, een meter en tachtig centimeter hoog, sterk,

gevlekt, armen en benen dik, netjes, gezongen haar en gedefinieerde gezichten.

—Je zet me op!

—Maak je daar maar geen zorgen over. Wie mij kent, vergeet nooit.

—Wil je me nu gek maken?

—Sorry daarvoor, schatje! Het is gewoon om een beetje charme toe te voegen aan ons gesprek.

—Hoe oud ben je?

—25 jaar en die van jou?

—Ik ben achtendertig jaar oud en mijn zus vierendertig. Ondanks het leeftijdsverschil, zijn we heel dichtbij. In de kindertijd, verenigden we ons om moeilijkheden te overwinnen. Toen we tieners waren, deelden we onze dromen. En nu, op volwassen leeftijd, delen we onze prestaties en frustraties. Ik kan niet zonder haar.

—Grote! Dit gevoel van jou is erg mooi. Ik krijg de drang om jullie beiden te ontmoeten. Is ze net zo stout als jij?

—Op een goede manier is ze de beste in wat ze doet. Erg slim, mooi en beleefd. Mijn voordeel is dat ik slimmer ben.

—Maar ik zie hier geen probleem in. Ik hou van beide.

—Vind je het echt leuk? Amelinha is een bijzondere vrouw. Niet omdat ze mijn zus is, maar omdat ze een gigantisch hart heeft. Ik heb een beetje medelijden met haar omdat ze nooit een bruidegom heeft gekregen. Ik weet dat haar droom is om te trouwen. Ze sloot zich bij me aan in een opstand omdat ik verraden werd door mijn metgezel. Sindsdien zoeken we alleen snelle relaties.

—Ik begrijp het volkomen. Ik ben ook een viezerik. Ik heb echter geen speciale reden. Ik wil gewoon genieten van mijn jeugd. Jullie lijken me geweldige mensen.

—Hartelijk dank. Kom je echt uit Arcoverde?

—Ja, ik kom uit het centrum. En jij?

*De Zwarte Man*

—Uit de wijk San Cristóbal.
—Grote. Woon je alleen?
—Ja. In de buurt van het busstation.
—Kun je vandaag bezoek krijgen van een man?
—Dat zouden we graag willen. Maar je moet beide afhandelen. Oké?
—Maak je geen zorgen, liefje. Ik kan wel drie aan.
—Ah, ja! Waar!
—Ik ben er meteen. U de locatie uitleggen?
—Ja. Het zal me een genoegen zijn.
—Ik weet waar het is. Ik kom naar boven!

De zwarte man verliet de kamer en Belinha ook. Ze maakte er misbruik van en verhuisde naar de keuken waar ze haar zus ontmoette. Amelinha was het wassen van de vuile gerechten voor het diner.

—Goedenacht voor jou, Amelinha. Je zult het niet geloven. Raad eens wie er langskomt?
—Ik heb geen idee, zuster. Die?
—De Flavius. Ik ontmoette hem in de virtuele chatroom. Hij zal ons vermaak zijn vandaag.
—Hoe ziet hij eruit?
—Het is Black Man. Heb je ooit gestopt en dacht dat het misschien leuk zou zijn? De arme man weet niet waartoe we in staat zijn.
—Dat is het echt, zuster! Laten we hem afmaken.
—Hij zal vallen, met mij! - Zei Belinha.
—№! Het zal met me-Antwoordde Amelinha.
—Een ding is zeker: Met een van ons zal hij vallen-Belinha gesloten.
—Het is waar! Zullen we alles klaar hebben in de slaapkamer?
—Goed idee. Ik help je wel.

De twee onverzadigbare poppen gingen naar de kamer en lieten alles georganiseerd achter voor de komst van het mannetje. Zodra ze klaar zijn, horen ze de bel rinkelen.

—Is hij het, zuster? - Vroeg Amelinha.

—Laten we het samen bekijken! - Hij nodigde Belinha uit.

—Kom nou! Amelinha stemde toe.

Stap voor stap passeerden de twee vrouwen de slaapkamerdeur, passeerden de eetkamer en kwamen toen in de woonkamer aan. Ze liepen naar de deur. Als ze het openen, komen ze Flavius's charmante en mannelijke glimlach tegen.

—Goedenacht! OK? Ik ben de Flavius.

—Goedenacht. U bent van harte welkom. Ik ben Belinha die met je praatte op de computer en een lief meisje naast me is mijn zus.

—Leuk om je te ontmoeten, Flavius! - Amelinha zei.

—Leuk je te ontmoeten. Mag ik binnenkomen?

—Zeker! - De twee vrouwen antwoordden tegelijkertijd.

De hengst had toegang tot de kamer door het observeren van elk detail van het decor. Wat was er aan de hand in die kokende geest? Hij was vooral geraakt door elk van die vrouwelijke exemplaren. Na een kort moment keek hij diep in de ogen van de twee hoeren en zei:

—Ben je klaar voor wat ik ben gaan doen?

—Klaar - Bevestigd de liefhebbers!

Het trio stopte hard en liep een lange weg naar de grotere kamer van het huis. Door de deur te sluiten, waren ze er zeker van dat de hemel binnen enkele seconden naar de hel zou gaan. Alles was perfect: de regeling van de handdoeken, de seksspeeltjes, de pornofilm spelen op het plafond televisie en de romantische muziek levendig. Niets kon het plezier van een geweldige avond wegnemen.

De eerste stap is om bij het bed te zitten. De zwarte man begon zijn kleren van de twee vrouwen uit te trekken. Hun lust en dorst naar seks was zo groot dat ze een beetje angst veroorzaakt in die lieve dames. Hij was het opstijgen van zijn shirt met de thorax en

De Zwarte Man 7

buik goed uitgewerkt door de dagelijkse training in de sportschool. Uw gemiddelde haren over deze regio hebben zuchten getrokken van de meisjes. Daarna trok hij zijn broek uit waardoor het uitzicht op zijn Box ondergoed dus zijn volume en mannelijkheid liet zien. Op dit moment liet hij hen het orgel aanraken, waardoor het meer rechtop werd gezet. Zonder geheimen gooide hij zijn ondergoed weg met alles wat God hem gaf.

Hij was tweeëntwintig centimeter lang, veertien centimeter in diameter genoeg om ze gek te maken. Zonder tijd te verspillen, vielen ze op hem. Ze begonnen met het voorspel. Terwijl een slikte haar pik in haar mond, de andere likte de scrotum zakken. In deze operatie is het al drie minuten geleden. Lang genoeg om helemaal klaar te zijn voor seks.

Toen begon hij penetratie in één en toen in andere zonder voorkeur. Het frequente tempo van de shuttle veroorzaakt kreunt, geschreeuw, en meerdere orgasmes na de handeling. Het was dertig minuten vaginale seks. Elk de helft van de tijd. Toen sloten ze af met orale en anale seks.

### *De brand*

Het was een koude, donkere en regenachtige nacht in de hoofdstad van alle binnenland van Pernambuco. Er waren momenten dat de voorwind 100 kilometer per uur bereikte en de arme zussen Amelinha en Belinha bang maakten. De twee perverse zussen ontmoetten elkaar in de woonkamer van hun eenvoudige woning in de wijk Saint Christopher. Met niets te doen, spraken ze gelukkig over algemene dingen.

—Amelinha, hoe was je dag op het kantoor van de boerderij?

—Hetzelfde oude ding: ik organiseerde de fiscale planning van de belastingdienst, beheerde de betaling van belastingen, werkte in de preventie en bestrijding van belastingontduiking. Het is hard werken en saai. Maar belonen en goed betaald. En jij? Hoe was je routine op school? - Vroeg Amelinha.

—In de klas passeerde ik de inhoud om de leerlingen zo goed mogelijk te begeleiden. Ik corrigeerde de fouten en nam twee mobiele telefoons van studenten die de klas verstoorden. Ik gaf ook lessen in gedrag, houding, dynamiek en nuttig advies. Hoe dan ook, behalve dat ik leraar ben, ben ik hun moeder. Het bewijs hiervan is dat ik in de pauze de klas van studenten infiltreerde en samen met hen hinkte. Naar mijn mening is school ons tweede thuis en moeten we zorgen voor de vriendschappen en menselijke connecties die we hebben van it-Belinha antwoordde.

—Briljant, mijn zusje. Onze werken zijn geweldig omdat ze zorgen voor belangrijke emotionele en interactie constructies tussen mensen. Geen mens kan in isolatie leven, laat staan zonder psychologische en financiële middelen- analyseerde Amelinha.

—Ik ben het ermee eens. Werk is essentieel voor ons als het maakt ons onafhankelijk van het heersende seksistische rijk in onze samenleving-zei Belinha.

—Precies. We zullen doorgaan in onze waarden en houdingen. De mens is alleen goed in bed- Amelinha waargenomen.

—Over mannen gesproken, wat vond je van Christian? - Belinha gevraagd.

—Hij voldeed aan mijn verwachtingen. Na zo'n ervaring vragen mijn instincten en mijn geest altijd om meer interne ontevredenheid. Wat is uw mening? - Vroeg Amelinha.

—Het was goed, maar ik heb ook het gevoel dat jij onvolledig bent. Ik sta droog van liefde en seks. Ik wil meer en meer. Wat hebben we voor vandaag? - Zei Belinha.

—Ik heb geen ideeën meer. De nacht is koud, donker en donker. Hoor je het geluid buiten? Er is veel regen, harde wind, bliksem en onweer. Ik ben bang. - Zei Amelinha.

—Ik ook van jou! - Belinha heeft bekend.

Op dit moment is er een donderende bliksemschicht te horen in heel Arcoverde. Amelinha springt in de schoot van Belinha die

## De Zwarte Man

schreeuwt van pijn en wanhoop. Tegelijkertijd ontbreekt het aan elektriciteit, waardoor ze allebei wanhopig zijn.

—Wat nu? Wat gaan we doen Belinha? - Vroeg Amelinha.

—Ga van me af, trut! Ik haal de kaarsen wel. - Zei Belinha.Belinha zachtjes duwde haar zus aan de zijkant van de bank als ze betast de muren om naar de keuken. Omdat het huis relatief klein is, duurt het niet lang om deze operatie te voltooien. Met tact neemt hij de kaarsen in de kast en steekt ze aan met de lucifers die strategisch op de kachel zijn geplaatst.

Met de verlichting van de kaars keert ze rustig terug naar de kamer waar hij zijn zus ontmoet met een mysterieuze glimlach wijd open op zijn gezicht. Wat was ze van nu?

—Je ventileren, zuster! Ik weet dat je iets denkt, zei Belinha.

—Wat als we de stadsbrandweer bellen met de waarschuwing voor een brand? Zei Amelinha.

—Even voor de duidelijkheid. Wil je een fictief vuur uitvinden om deze mannen te lokken? Wat als we gearresteerd worden? - Belinha was bang.

—Mijn collega! Ik weet zeker dat ze van de verrassing zullen houden. Wat kunnen ze beter doen op een donkere en saaie nacht als deze? - zei Amelinha.

—Je hebt gelijk. Ze zullen je bedanken voor het plezier. We zullen het vuur breken dat ons van binnenuit verteert. Nu, de vraag komt: Wie zal de moed hebben om ze te bellen? - gevraagd Belinha.

—Ik ben erg verlegen. Ik laat deze taak aan jou over, zei mijn zus, zei Amelinha.

—Altijd ik. Oké. Wat er ook gebeurt, Belinha concludeerde.

Opstaan van de bank, Belinha gaat naar de tafel in de hoek waar de mobiele is geïnstalleerd. Ze belt het alarmnummer van de brandweer en wacht op antwoord. Na een paar aanrakingen hoort hij een diepe, stevige stem spreken van de andere kant.

—Goedenacht. Dit is de brandweer. Wat wil je?

—Mijn naam is Belinha. Ik woon in de wijk Saint Christopher hier in Arcoverde. Mijn zus en ik zijn wanhopig met al deze regen. Toen elektriciteit hier in ons huis uitging, veroorzaakte kortsluiting, waardoor de objecten in brand begonnen te staan. Gelukkig gingen mijn zus en ik uit. Het vuur is langzaam consumeren van het huis. We hebben de hulp nodig van de brandweermannen, zei dat het meisje bedroefd was.

—Doe het rustig aan, mijn vriend. We zullen er snel zijn. U gedetailleerde informatie geven over uw locatie? - Vroeg de brandweerman van dienst.

—Mijn huis is precies op Central Avenue, derde huis aan de rechterkant. Vinden jullie dat goed?

—Ik weet waar het is. We zijn er over een paar minuten. Wees kalm-Zei de brandweerman.

—We wachten. Bedankt! - Bedankt Belinha.

Terug naar de bank met een brede grijns, de twee van hen laten hun kussens en snoven met het plezier dat ze deden. Dit is echter niet aan te raden om te doen, tenzij ze waren twee hoeren zoals hen.

Ongeveer tien minuten later, hoorden ze een klop op de deur en ging om het te beantwoorden. Toen ze de deur openden, stonden ze tegenover drie magische gezichten, elk met zijn karakteristieke schoonheid. Een was zwart, zes meter hoog, benen en armen medium. Een ander was donker, een meter en negentig lang, gespierd en sculpturaal. Een derde was wit, kort, dun, maar erg dol. De blanke jongen wil zich voorstellen:

—Hallo, dames, goedenacht! Mijn naam is Roberto. Deze man hiernaast heet Matthew en de bruine man, Philip. Wat zijn je namen en waar is het vuur?

—Ik ben Belinha, ik heb je aan de telefoon gesproken. Deze brunette hier is mijn zus Amelinha. Kom binnen en ik leg het je uit.

—Ze namen de drie brandweermannen tegelijk op.

Het kwintet kwam het huis binnen en alles leek normaal omdat

### De Zwarte Man

de elektriciteit was teruggekeerd. Ze vestigen zich op de bank in de woonkamer samen met de meisjes. Achterdochtig, ze voeren een gesprek.

—Het vuur is voorbij, hè? - Matthew vroeg.

—Ja. We hebben het al onder controle dankzij een grote inspanning, legt Amelinha uit.

—Jammer! Ik wilde al heel graag werken. Daar in de barakken is de routine zo eentonig gezegd Felipe.

—Ik heb een idee. Hoe zit het met werken in een meer plezierige manier? - Belinha voorgesteld.

—Je bedoelt dat je bent wat ik denk? - Ondervraagd Felipe.

—Ja. We zijn alleenstaande vrouwen die van plezier houden. Zin in de lol? - gevraagd Belinha.

—Alleen als je nu gaat, antwoordde zwarte man.

—Ik doe ook mee, bevestigd de Brown Man.

—Wacht op mij- De blanke jongen is beschikbaar.

—Dus, laten we- zei de meisjes.

Het kwintet kwam de kamer delen een tweepersoonsbed. Toen begon de seks orgie. Belinha en Amelinha om de beurt om het plezier van de drie brandweerlieden bij te wonen. Alles leek magisch en er was geen beter gevoel dan met hen. Met gevarieerde gaven, ervoeren ze seksuele en positionele variaties het creëren van een perfect beeld.

De meisjes leken onverzadigbaar in hun seksuele ijver wat die professionals gek dreef. Ze gingen door de nacht seks en het plezier leek nooit te eindigen. Ze gingen pas weg toen ze een dringend telefoontje kregen van het werk. Ze stopten en gingen naar het politierapport te beantwoorden. Toch zouden ze nooit vergeten dat prachtige ervaring naast de "Perverse zusters".

Medisch consult

Het drong aan op de prachtige binnenland hoofdstad. Meestal werden de twee perverse zussen vroeg wakker. Echter, toen ze opstonden, voelden ze zich niet goed. Terwijl Amelinha bleef niezen, voelde haar zus Belinha zich een beetje verstikt. Deze feiten kwamen waarschijnlijk van de vorige nacht in Virginia War Square, waar ze dronken, kuste op de mond en snuift harmonieus in de serene nacht.

Omdat ze zich niet goed en zonder kracht voor iets voelden, zaten ze op de bank religieus na te denken over wat ze moesten doen omdat professionele verplichtingen wachtten om opgelost te worden.

−Wat doen we, zuster? Ik ben helemaal buiten adem en uitgeput, zei Belinha.

−Vertel me erover! Ik heb hoofdpijn en ik begin een virus te krijgen. We zijn verdwaald! - Zei Amelinha.

−Maar ik denk niet dat dat een reden is om werk te missen! Mensen zijn afhankelijk van ons! - Said Belinha

−Rustig, laten we niet in paniek raken! Zullen we ons aansluiten bij de Nice? - Voorgestelde Amelinha.

−Zeg me niet dat je denkt wat ik denk.... - Belinha was verbaasd.

−Dat klopt. Laten we samen naar de dokter gaan! Het zal een goede reden zijn om werk te missen en wie weet gebeurt niet wat we willen! - Said Amelinha

−Geweldig idee! Waar wachten we nog op? Laten we ons klaarmaken! - gevraagd Belinha.

−Kom nou! - Amelinha overeengekomen.

De twee gingen naar hun respectievelijke behuizingen. Ze waren zo enthousiast over het besluit; Ze zagen er niet eens ziek uit. Was het allemaal hun uitvinding? Vergeef me, lezer, laten we niet slecht denken aan onze lieve vrienden. In plaats daarvan zullen we hen vergezellen in dit spannende nieuwe hoofdstuk van hun leven.

In de slaapkamer baden ze in hun suites, legden nieuwe kleren en schoenen aan, kamden hun lange haren, legden een Frans parfum aan en gingen toen naar de keuken. Daar sloegen ze eieren en

*De Zwarte Man*

kaas die twee broden vulden en aten ze met een gekoeld sap. Alles was erg lekker. Toch leken ze het niet te voelen omdat de angst en nervositeit voor de afspraak van de dokter gigantisch waren.

Met alles klaar, verlieten ze de keuken om het huis te verlaten. Met elke stap die ze namen, hun kleine hartjes kloppen met emotie denken in een volledig nieuwe ervaring. Gezegend zij ze allemaal! Optimisme greep hen en was iets om te worden gevolgd door anderen!

Aan de buitenkant van het huis, gaan ze naar de garage. Het openen van de deur in twee pogingen, ze staan voor de bescheiden rode auto. Ondanks hun goede smaak in auto's, gaven ze de voorkeur aan de populaire naar de klassiekers uit angst voor het gemeenschappelijke geweld aanwezig in bijna alle Braziliaanse regio's.

Zonder vertraging, de meisjes in de auto geven de uitgang voorzichtig en dan een van hen sluit de garage terug te keren naar de auto onmiddellijk na. Wie drijft is Amelinha met ervaring reeds tien jaar. Belinha mag nog niet rijden.

De zeer korte route tussen hun huis en het ziekenhuis wordt gedaan met veiligheid, harmonie en rust. Op dat moment hadden ze het valse gevoel dat ze alles konden doen. Tegensprekend waren ze bang voor zijn sluwheid en vrijheid. Zelf waren ze verrast door de ondernomen acties. Het was niet voor iets minder dat ze werden genoemd sletterige goede klootzakken!

Aangekomen in het ziekenhuis, ze gepland de afspraak en wachtte te worden opgeroepen. In dit tijdsinterval maakten ze gebruik van het maken van een snack en wisselden ze berichten uit via de mobiele applicatie met hun dierbare seksuele bedienden. Meer cynisch en vrolijk dan deze, het was onmogelijk om te zijn!

Na een tijdje is het hun beurt om gezien te worden. Onafscheidelijk, ze gaan het zorgkantoor binnen. Wanneer dit gebeurt, arts bijna een hartaanval. Voor hen was een zeldzaam stuk van een man: Een lange blonde, een meter en negentig centimeter lang, bebaard,

haar vormen een paardenstaart, gespierde armen en borsten, natuurlijke gezichten met een engelachtige look. Nog voordat ze een reactie konden opstellen, nodigt hij uit:
 –Ga zitten, jullie allebei!
 –Bedankt! - Ze zeiden beide.
 De twee hebben tijd om een snelle analyse van de omgeving te maken: Voor de servicetafel, de dokter, de stoel waarin hij zat en achter een kast. Aan de rechterkant, een bed. Aan de muur hangen expressionistische schilderijen van auteur Cândido Portinari die de man van het platteland afbeeldt. De sfeer is erg gezellig waardoor de meisjes op hun gemak. De sfeer van ontspanning wordt doorbroken door het formele aspect van het overleg.
 –Vertel me wat jullie voelen, meiden!
 Dat klonk informeel voor de meisjes. Hoe lief was die blonde man! Het moet heerlijk zijn geweest om te eten.
 –Hoofdpijn, indispositie en virus! - Vertelde Amelinha.
 –Ik ben ademloos en moe! - Hij beweerde Belinha.
 –Het is OK! Laat me eens kijken! Ga op het bed liggen! - De dokter gevraagd.
 De hoeren ademden nauwelijks op dit verzoek. De professional maakte ze opstijgen een deel van hun kleren en voelde ze in verschillende delen die koude rillingen en koud zweet veroorzaakt. Realiserend dat er niets ernstigs met hen was, grapte de begeleider:
 –Het ziet er allemaal perfect uit! Waar moeten ze bang voor zijn? Een injectie in de kont?
 –Ik vind het geweldig! Als het een grote en dikke injectie nog beter! - Zei Belinha.
 –Zal je langzaam toe te passen, liefde? - Zei Amelinha.
 –Je vraagt al te veel! - Merkte de clinicus op.
 Voorzichtig de deur sluiten, valt hij op de meisjes als een wild dier. Eerst haalt hij de rest van de kleren van de lichamen. Dit scherpt zijn libido nog meer. Door helemaal naakt te zijn, bewon-

## De Zwarte Man

dert hij even die sculpturale wezens. Dan is het zijn beurt om te pronken. Hij zorgt ervoor dat ze hun kleren uittrekken. Dit verhoogt het samenspel en de intimiteit tussen de groep.

Met alles klaar, beginnen ze de voorrondes van seks. Met behulp van de tong in gevoelige delen zoals de anus, de kont en het oor de blonde veroorzaakt mini-plezier orgasmes bij beide vrouwen. Alles ging prima, zelfs wanneer iemand op de deur klopte. Geen uitweg, hij moet antwoorden. Hij loopt een beetje en opent de deur. Daarbij komt hij de oproepverpleegkundige tegen: een slanke mulat, met dunne benen en zeer laag.

–Dokter, ik heb een vraag over de medicatie van een patiënt: is het vijf of driehonderd milligram aspirine? - Vroeg Roberto met een recept.

–Vijfhonderd! - Bevestigde Alex.

Op dit moment zag de verpleegster de voeten van de naakte meisjes die zich probeerden te verstoppen. Lachte vanbinnen.

–Een grapje, hè? Bel je vrienden niet eens.

–Pardon! Wil je bij de bende?

–Dat zou ik graag willen!

–Kom dan!

De twee gingen de kamer binnen en sloten de deur achter zich af. Meer dan snel trok de mulat zijn kleren uit. Helemaal naakt, toonde hij zijn lange, dikke, aderachtige mast als een trofee. Belinha was opgetogen en gaf hem al snel orale seks. Alex eiste ook dat Amelinha hetzelfde met hem zou doen. Na mondeling, begonnen ze anale. In dit deel, Belinha vond het erg moeilijk vast te houden aan monster pik van de verpleegster. Maar toen het eenmaal in het gat kwam, was hun plezier enorm. Aan de andere kant voelden ze geen problemen omdat hun penis normaal was.

Toen hadden ze vaginale seks in verschillende posities. De beweging van heen en weer in de holte veroorzaakte hallucinaties in hen. Na deze fase, de vier verenigd in een groep seks. Het was de beste ervaring waarin de resterende energieën werden besteed. Een kwartier later waren ze allebei uitverkocht. Voor de zusters zou seks nooit eindigen, maar goed als ze werden gerespecteerd de zwakheid van die mannen. Omdat ze hun werk niet willen verstoren, stoppen ze met het afleggen van het bewijs van rechtvaardiging van het werk en hun persoonlijke telefoon. Ze vertrokken volledig samengesteld zonder de aandacht van iemand te wekken tijdens de ziekenhuisoversteek.

Aangekomen op de parkeerplaats, gingen ze de auto en begon de weg terug. Gelukkig als ze zijn, waren ze al denken over hun volgende seksuele kattenkwaad. De perverse zusters waren echt iets!

Privéles

Het was een middag als alle andere. Nieuwkomers van het werk, de perverse zusters waren bezig met huishoudelijke klusjes. Na het beëindigen van alle taken, verzamelden ze zich in de kamer om een beetje te rusten. Terwijl Amelinha een boek las, gebruikte Belinha het mobiele internet om door haar favoriete websites te bladeren.

Op een gegeven moment, de tweede schreeuwt hardop in de kamer, die haar zus bang maakt.

-Wat is het, meisje? Ben je gek? - Vroeg Amelinha.

-Ik heb net toegang tot de website van wedstrijden met een dankbare verrassing geïnformeerd Belinha.

-Vertel me meer!

-Registraties van de federale regionale rechtbank zijn open. Laten we dat doen?

-Goed gesprek, mijn zus! Wat is het salaris?

-Meer dan tienduizend initiële dollars.

-Zeer goed! Mijn werk is beter. Echter, ik zal de wedstrijd te maken, want ik ben de voorbereiding van mezelf op zoek naar andere evenementen. Het zal dienen als een experiment.

-Je doet het heel goed! Moedig me aan. Ik weet niet waar ik moet beginnen. Kun je me tips geven?

*De Zwarte Man*

-Koop een virtuele cursus, stel veel vragen op de testsites, doe en doe eerdere tests opnieuw, schrijf samenvattingen, bekijk tips en download onder andere goede materialen op het internet.
-Bedankt! Ik neem al dit advies op! Maar ik heb meer nodig. Kijk, zuster, aangezien we geld hebben, wat dacht je ervan om te betalen voor een privéles?
-Daar had ik nog niet aan gedacht. Dat is een goed idee! Heeft u suggesties voor een bekwaam persoon?
-Ik heb een zeer bekwame leraar hier van Arcoverde in mijn telefoon contacten. Kijk naar zijn foto!
Belinha gaf haar zus haar mobiele telefoon. Toen ze de foto van de jongen zag, was ze extatisch. Naast knap, hij was slim! Het zou een perfect slachtoffer van het paar toetreden tot de nuttige aan de aangename.
-Waar wachten we nog op? Ga hem halen, zuster! We moeten snel studeren. - Amelinha zei.
-Je hebt het! - Belinha aanvaard.
Toen ze op stond van de bank, begon ze de nummers van de telefoon op de nummerplaat te bellen. Zodra de oproep is gemaakt, duurt het slechts een paar momenten om te worden beantwoord.
-Hallo. Gaat het goed met je?
-Het is allemaal geweldig, Renato.
-Stuur de bestellingen.
-Ik was surfen op het internet toen ik ontdekte dat aanvragen voor de federale regionale rechtbank concurrentie open zijn. Ik noemde mijn geest onmiddellijk als een respectabele leraar. Herinner je je het schoolseizoen nog?
-Ik herinner me die tijd goed. Goede tijden degenen die niet terugkomen!
-Dat klopt! Heb je tijd om ons een privéles te geven?
-Wat een gesprek, jongedame! Voor jou heb ik altijd tijd! Welke datum stellen we vast?

-Kunnen we het morgen om 14:00 uur doen? We moeten beginnen!

-Natuurlijk doe ik dat! Met mijn hulp zeg ik nederig dat de kans op overlijden ongelooflijk groter wordt.

-Ik ben er zeker van!

-Hoe goed! Je me om twee uur verwachten.

-Hartelijk dank! Tot morgen!

-Tot later!

Belinha hing de telefoon op en schetste een glimlach voor zijn metgezel. Vermoedend het antwoord, vroeg Amelinha:

-Hoe ging het?

-Hij accepteerde het. Morgen om twee uur is hij hier.

-Hoe goed! Zenuwen doen pijn.

-Doe het rustig aan, zuster! Het komt wel goed.

-Amen!

-Zullen we het diner bereiden? Ik heb al honger!

-Goed herinnerd.!

Het paar ging van de woonkamer naar de keuken waar in een aangename omgeving sprak, speelde, gekookt onder andere activiteiten. Het waren voorbeeldige figuren van zusters verenigd door pijn en eenzaamheid. Het feit dat ze in seks waren, kwalificeerde hen alleen maar meer. Zoals jullie allemaal weten, heeft de Braziliaanse vrouw warmbloed.

Kort daarna verbroederden ze zich rond de tafel, denkend aan het leven en de wisselvalligheden.

-Het eten van deze heerlijke kip stroganoff, ik herinner me de zwarte man en de brandweermannen! Momenten die nooit voorbij lijken te gaan! - Belinha zei!

- Vertel me erover! Die jongens zijn heerlijk! Om nog maar te zwijgen van de verpleegster en de dokter! Ik vond het ook! - Herinnerde Amelinha!

*De Zwarte Man* 19

-Waar genoeg, mijn zus! Het hebben van een mooie mast elke man wordt aangenaam! Mogen de feministen me vergeven!
-We hoeven niet zo radicaal te zijn...!
De twee lachen en blijven eten het eten op de tafel. Voor een moment, niets anders telde. Ze leken alleen te zijn in de wereld en dat kwalificeerde hen als Godinnen van schoonheid en liefde. Want het belangrijkste is om je goed te voelen en zelfvertrouwen te hebben.

Vertrouwen in zichzelf, ze blijven in de familie ritueel. Aan het einde van dit stadium surfen ze op het internet, luisteren ze naar muziek op de huiskamerstereo, kijken ze soap en later een pornofilm. Deze rush laat ze ademloos en moe dwingt hen om te gaan rusten in hun respectieve kamers. Ze waren reikhalzend uit naar de volgende dag.

Het zal niet lang duren voordat ze in een diepe slaap vallen. Afgezien van nachtmerries, nacht en dageraad plaatsvinden binnen het normale bereik. Zodra de dageraad komt, staan ze op en beginnen ze de normale routine te volgen: Bad, ontbijt, werk, terug naar huis, bad, lunch, dutje en ga naar de kamer waar ze wachten op het geplande bezoek.

Als ze horen kloppen op de deur, Belinha staat op en gaat om te antwoorden. Daarbij komt hij de lachende leraar tegen. Dit veroorzaakte hem goede interne tevredenheid.

-Welkom terug, mijn vriend! Klaar om het ons te leren?
-Ja, heel, heel klaar! Nogmaals bedankt voor deze kans! - Zei Renato.
-Laten we naar binnen gaan! – Zei Belinha.

De jongen dacht niet twee keer na en accepteerde het verzoek van het meisje. Hij begroette Amelinha en op haar signaal, zat op de bank. Zijn eerste houding was om de zwarte gebreide blouse af te doen omdat het te warm was. Hiermee liet hij zijn goed uitgewerkte borstplaat achter in de sportschool, het zweet druipend en zijn donkergetinte licht. Al deze details waren een natuurlijk afrodisiacum voor deze twee "Perverselingen".

Doen alsof er niets aan de hand was, werd een gesprek gestart tussen de drie van hen.

-Heb je een goede klas voorbereid, professor? - Vroeg Amelinha.

-Ja! Laten we beginnen met welk artikel? - Gevraagd Renato.

-Ik weet het niet ... - zei Amelinha.

-Wat dacht je van plezier eerst? Nadat je je shirt uitdeed, werd ik nat. - Belinha bekend.

-Ik ook- Zei Amelinha.

-Jullie twee zijn echt seksmaniakken! Is dat niet waar ik van hou? - Zei de meester.

Zonder te wachten op een antwoord, nam hij zijn blauwe jeans met de adducten spieren van zijn dij, zijn zonnebril met zijn blauwe ogen en ten slotte zijn ondergoed met een perfectie van lange penis, gemiddelde dikte en met driehoekige hoofd. Het was genoeg voor de kleine hoeren om op de top te vallen en te beginnen te genieten van dat mannelijke, joviale lichaam. Met zijn hulp trokken ze hun kleren uit en begonnen de voorrondes van seks.

Kortom, dit was een prachtige seksuele ontmoeting waar ze veel nieuwe dingen meemaakten. Het was bijna veertig minuten wilde seks in volledige harmonie. Op deze momenten was de emotie zo groot dat ze de tijd en ruimte niet eens merkten. Daarom waren ze oneindig door Gods liefde.

Toen ze in extase kwamen, rustten ze een beetje op de bank. Vervolgens bestudeerden ze de disciplines die door de wedstrijd in rekening werden gebracht. Als studenten, de twee waren behulpzaam, intelligent en gedisciplineerd, die werd opgemerkt door de leraar. Ik weet zeker dat ze op weg waren naar goedkeuring.

Drie uur later stopten ze met het beloven van nieuwe studiebijeenkomsten. Gelukkig in het leven, de perverse zusters gingen om te zorgen voor hun andere taken al na te denken over hun volgende avonturen. Ze stonden in de stad bekend als "De Onverzadigbare".

### Wedstrijdtest

Het is al een tijdje geleden. Voor ongeveer twee maanden, de perverse zusters waren zich wijden aan de wedstrijd volgens de beschikbare tijd. Elke dag die voorbijging, waren ze meer voorbereid op wat kwam en ging. Tegelijkertijd waren er seksuele ontmoetingen en op deze momenten werden ze bevrijd.

De testdag was eindelijk aangebroken. Vertrekkend van de hoofdstad van het achterland, de twee zussen begon te lopen de BR 232 snelweg van een totale route van 250 km. Onderweg passeerden ze de belangrijkste punten van het binnenland van de staat: Pesqueira, Belo Jardim, São Caetano, Caruaru, Gravatá, Bezerros en Vitória de Santo Antão. Elk van deze steden had een verhaal te vertellen en uit hun ervaring namen ze het volledig op. Hoe goed was het om de bergen, het Atlantische bos, de caatinga, de boerderijen, boerderijen, dorpen, kleine steden te zien en de schone lucht uit de bossen te drinken. Pernambuco was echt een prachtige staat!

Het invoeren van de stedelijke omtrek van de hoofdstad, vieren ze de goede realisatie van de Reis. Neem de belangrijkste weg naar de buurt goede reis waar ze de test zou uitvoeren. Onderweg worden ze geconfronteerd met druk verkeer, onverschilligheid van vreemden, vervuilde lucht en gebrek aan begeleiding. Maar ze hebben het eindelijk gehaald. Ze betreden het betreffende gebouw, identificeren zich en beginnen aan de test die twee perioden zou duren. Tijdens het eerste deel van de test zijn ze volledig gericht op de uitdaging van meerkeuzevragen. Goed uitgewerkt door de bank die verantwoordelijk is voor het evenement, gevraagd de meest uiteenlopende uitwerkingen van de twee. Volgens hen deden ze het goed. Toen ze de pauze namen, gingen ze lunchen en een sapje drinken in een restaurant voor het gebouw. Deze momenten waren belangrijk voor hen om hun vertrouwen, relatie en vriendschap te behouden.

Daarna gingen ze terug naar de testlocatie. Daarna begon de tweede periode van het evenement met kwesties die zich bezighouden met andere disciplines. Zelfs zonder hetzelfde tempo te houden, waren ze nog steeds erg scherpzinnig in hun antwoorden. Ze bewezen op deze manier dat de beste manier om wedstrijden te passeren is door veel te besteden aan studies. Een tijdje later beëindigden ze hun zelfverzekerde deelname. Ze overhandigden het bewijs, keerden terug naar de auto, op weg naar het strand in de buurt.

Op de weg, speelden ze, draaide op het geluid, commentaar op de race en geavanceerde in de straten van Recife kijken naar de verlichte straten van de hoofdstad, want het was bijna nacht. Ze vergapen zich aan het spektakel. Geen wonder dat de stad bekend staat als de "hoofdstad van de tropen". De zon onder gaat waardoor de omgeving een nog mooiere uitstraling krijgt. Wat leuk om daar te zijn op dat moment!

Toen ze het nieuwe punt bereikten, benaderden ze de kusten van de zee en lanceerden vervolgens in zijn koude en kalme wateren. Het uitgelokte gevoel is extatisch van vreugde, tevredenheid, tevredenheid en vrede. Als ze de tijd uit het oog verliezen, zwemmen ze tot ze moe zijn. Daarna liggen ze op het strand in sterrenlicht zonder angst of zorgen. Magic nam ze briljant vast. Een woord te gebruiken in dit geval was "Onmetelijk".

Op een gegeven moment, met het strand bijna verlaten, is er een aanpak van twee mannen van de meisjes. Ze proberen op te staan en rennen in het gezicht van gevaar. Maar ze worden tegengehouden door de sterke armen van de jongens.

—Doe het rustig aan, meiden! We gaan je geen pijn doen. We vragen alleen om een beetje aandacht en genegenheid! - Een van hen sprak.

*De Zwarte Man* 23

Geconfronteerd met de zachte toon, de meisjes lachten met emotie. Als ze seks wilden, waarom dan niet voldoen aan hen? Ze waren meesters in deze kunst. Inspelend op hun verwachtingen, stonden ze op en hielpen hen hun kleren uit te trekken. Ze leverden twee condooms en maakten een striptease. Het was genoeg om die twee mannengek te maken.

Toen ze op de grond vielen, hielden ze in paren van elkaar en hun bewegingen lieten de vloer schudden. Ze lieten zich alle seksuele variaties en verlangens van beide. Op dit punt van levering, gaven ze niets om iets of iemand. Voor hen waren ze alleen in het universum in een groot ritueel van liefde zonder vooroordelen. In seks waren ze volledig met elkaar verweven en produceerden ze een nooit eerder vertoonde kracht. Net als instrumenten maakten ze deel uit van een grotere kracht in de voortzetting van het leven.

Alleen uitputting dwingt hen om te stoppen. Volledig tevreden, de mannen stoppen en lopen weg. De meisjes besluiten terug te gaan naar de auto. Ze beginnen hun reis terug naar hun woonplaats. Helemaal goed, ze namen hun ervaringen mee en verwachtten goed nieuws over de wedstrijd waaraan ze deelnamen. Ze verdienden zeker het beste geluk in de wereld.

Drie uur later kwamen ze in vrede thuis. Ze danken God voor de zegeningen die worden verleend door te gaan slapen. In de andere dag, wachtte ik op meer emoties voor de twee maniakken.

### *De terugkeer van de leraar*

Dawn. De zon komt vroeg op met zijn stralen die door de scheuren van het raam gaan strelen de gezichten van ons lieve kindje. Bovendien, de fijne ochtendbries hielp creëren stemming in hen. Hoe fijn was het om de kans van een andere dag met vaders zegen te hebben. Langzaam, de twee opstaan uit hun respectieve bedden op bijna hetzelfde moment. Na het baden vindt hun bijeenkomst plaats in de luifel waar ze samen ontbijt bereiden. Het is een moment van vreugde, anticipatie en afleiding delen ervaringen op ongelooflijk fantastische tijden.

Na het ontbijt is klaar, verzamelen ze rond de tafel comfortabel zittend op houten stoelen met een rugleuning voor de kolom. Terwijl ze eten, wisselen ze intieme ervaringen uit.

Belinha
Mijn zus, wat was dat?
Amelinha
Pure emotie! Ik herinner me nog elk detail van de lichamen van die lieve cretins!
Belinha
Ik ook van jou! Ik voelde me een groot genoegen. Het was bijna buitenzintuiglijk.
Amelinha
Weet ik! Laten we deze gekke dingen vaker doen!
Belinha
Ik ben het ermee eens!
Amelinha
Vond je de test leuk?
Belinha
Ik vond het geweldig. Ik wil heel graag mijn prestaties checken!
Amelinha
Ik ook van jou!

Zodra ze klaar zijn met voeden, de meisjes pakte hun mobiele telefoons door toegang tot het mobiele internet. Ze navigeerden naar de pagina van de organisatie om de feedback van het bewijs te controleren. Ze schreven het op papier en gingen naar de kamer om de antwoorden te controleren.

Binnen sprongen ze van vreugde toen ze de goede noot zagen. Ze waren geslaagd! De emotie die gevoeld werd, kon nu niet worden ingeperkt. Na veel feest te hebben gevierd, heeft hij het beste idee: Nodig meester Renato uit, zodat ze het succes van de missie

kunnen vieren. Belinha heeft weer de leiding over de missie. Ze neemt haar telefoon op en belt.
Belinha
Hallo?
Renato
Hallo, gaat het goed met je? Hoe gaat het met je, lieve Belle?
Belinha
Heel goed! Raad eens wat er net gebeurd is.
Renato
Vertel me niet dat je.
Belinha
Ja! We zijn geslaagd voor de wedstrijd!
Renato
Gefeliciteerd! Heb ik het niet gezegd?
Belinha
Ik wil u hartelijk bedanken voor uw medewerking in alle opzichten. Je begrijpt me, hè?
Renato
Ik begrijp het wel. We moeten iets opzetten. Bij voorkeur bij u thuis.
Belinha
Daarom heb ik gebeld. Kunnen we het vandaag doen?
Renato
Ja! Ik kan het vanavond doen.
Belinha
Wonder. We verwachten je dan om acht uur 's avonds.
Renato
Oké. Mag ik mijn broer meenemen?
Belinha
Natuurlijk!
Renato
Tot ziens!

Belinha
Tot ziens!
De verbinding eindigt. Kijkend naar haar zus, Belinha laat een lach van geluk. Nieuwsgierig, de andere vraagt:
Amelinha
En dus? Komt hij?
Belinha
Het is goed! Vanavond om acht uur worden we herenigd. Hij en zijn broer komen eraan! Heb je al aan seks gedacht?
Amelinha
Vertel me erover! Ik ben al kloppend van emotie!
Belinha
Laat er hart zijn! Ik hoop dat het werkt!
Amelinha
-Het is allemaal uitgewerkt!

De twee lachen tegelijkertijd het vullen van de omgeving met positieve trillingen. Op dat moment twijfelde ik er niet aan dat het lot samenzweerder voor een avond plezier voor dat maniak duo. Ze hadden al zoveel stadia samen bereikt dat ze nu niet zouden verzwakken. Ze moeten daarom doorgaan met het verafgoden van mannen als een seksueel spel en ze vervolgens weggooien. Dat was de minste race die kon doen om hun lijden te verlichten. In feite verdient geen enkele vrouw het om te lijden. Of beter gezegd, bijna elke vrouw verdient geen pijn.

Tijd om aan het werk te gaan. De twee zussen laten de kamer al klaar staan en gaan naar de garage waar ze in hun privéauto vertrekken. Amelinha neemt Belinha eerst mee naar school en vertrekt dan naar het boerderijkantoor. Daar straalt ze vreugde uit en vertelt ze het professionele nieuws. Voor de goedkeuring van de wedstrijd, ontvangt hij de felicitaties van iedereen. Hetzelfde gebeurt met Belinha.

Later keren ze terug naar huis en ontmoeten elkaar weer. Dan begint de voorbereiding om uw collega's te ontvangen. De dag beloofde nog specialer te worden.

Precies op het geplande tijdstip horen ze op de deur kloppen. Belinha, de slimste van hen, staat op en antwoordt. Met stevige en veilige stappen zet hij zichzelf in de deur en opent het langzaam. Na voltooiing van deze operatie visualiseert hij het paar broers. Met een signaal van de gastvrouw gaan ze op de bank in de woonkamer.

Renato
Dit is mijn broer. Zijn naam is Ricardo.
Belinha
Leuk om je te ontmoeten, Ricardo.
Amelinha
U bent hier van harte welkom!
Ricardo
Ik dank jullie beiden. Het plezier is helemaal van mij!
Renato
Ik ben er klaar voor! Kunnen we gewoon naar de kamer gaan?
Belinha
Kom nou!
Amelinha
Wie krijgt wie nu?
Renato
Ik kies Belinha zelf.
Belinha
Bedankt, Renato, bedankt! We zijn samen!
Ricardo
Ik blijf graag bij Amelinha!
Amelinha
Je gaat beven!
Ricardo
We zullen zien!
Belinha

Laat dan het feest beginnen!

De mannen voorzichtig geplaatst de vrouwen op de arm die ze tot aan de bedden gelegen in de slaapkamer van een van hen. Aangekomen op de plaats, trekken ze hun kleren uit en vallen in het prachtige meubilair beginnen het ritueel van de liefde in verschillende posities, uitwisseling strelingen en medeplichtigheid. De opwinding en het plezier waren zo groot dat de kreunt geproduceerd kon worden gehoord aan de overkant van de straat schandalig de buren. Ik bedoel, niet zo zeer, omdat ze al wisten over hun roem.

Met de conclusie van de top, de liefhebbers terug te keren naar de keuken waar ze drinken sap met koekjes. Terwijl ze eten, chatten ze twee uur lang, waardoor de interactie van de groep toeneemt. Hoe goed het was om daar te leren over het leven en hoe gelukkig te zijn. Tevredenheid is goed met jezelf en met de wereld bevestigen haar ervaringen en waarden voor anderen die de zekerheid van het niet kunnen worden beoordeeld door anderen. Daarom was het maximum dat ze geloofden "Ieder is zijn eigen persoon".

Tegen de avond nemen ze eindelijk afscheid. De bezoekers verlaten de " Lieve Pyreneeën" nog euforischer als ze nadenken over nieuwe situaties. De wereld bleef maar draaien naar de twee vertrouwelingen. Mogen ze geluk hebben!

Einde

www.ingramcontent.com/pod-product-compliance
Lightning Source LLC
LaVergne TN
LVHW021050100526
838202LV00082B/5413